作者：：張篤

繪畫：太陽少年

1 回來吧！紫水晶力量！

小晶公主

目錄

登場角色介紹

絲絲

水晶王國的紫水晶公主，性格溫柔、勇敢，很有愛心。

彼得

將軍的兒子，和絲絲是好朋友，十分貪吃，有時會闖禍。

草菇

白色的羊駝，喜歡健身，非常在意自己的髮型。

烏龜老師

見多識廣的智者，走路很慢，口頭禪是「嗚耶」。

色彩大盜

喜歡收藏不同顏色，真正的身份其
實是……

國王

紫水晶公主的父王，為國家勞心勞
力。

皇后

紫水晶公主的母后，性格溫柔，很疼
愛絲絲。

黑曜石女巫

沒有人見過她，住在黑森林中的黑芝
麻湖，懂得魔法。

紫薯奶昔

「啪啦啪啦！」「噹噹！」「叮鈴鈴！」

在水晶皇宮的廚房內，一個穿着圍裙的女孩正在忙碌着，她把蒸好了的紫薯加進一大碗牛奶中，然後拼命地攪拌。

「哎唷，紫水晶公主，你有甚麼想吃的話，吩咐我做就可以了！」在皇宮中擔任主廚的松鼠嬤嬤道，而她口中的紫水晶公主名叫絲絲，是個善良、溫柔的女孩，她留着一把美麗的紫色長髮，擁有漂亮動人的深紫色眼睛，脖子上總是戴着國王所賜的**紫水晶頸鍊**。

絲絲說：「松鼠嬸嬸，你叫我絲絲就可以了，不用這麼 **拘謹**。」

「好的，那紫水晶公……噢！不，絲絲，你在煮甚麼呢？」松鼠嬤嬤問。

「我在調製紫薯奶昔呢！這是給父王、母后的禮物，所以我要親力親為。」絲絲說。

「絲絲真乖，我相信國王、皇后一定會喜歡的。」

紫薯加上牛奶，變成了迷人的淡紫色，絲絲把奶昔倒進了兩個華麗的水晶杯子，把廚房清潔一番後，便脫下圍裙拿着製成品去到水晶主殿找國王、皇后。

「父王、母后！」絲絲來到門前已禁不住開心地大叫，不過她倒是不敢跑起來，因

為她怕會倒瀉杯中的奶昔，所以只可以一步一步小心翼翼地走着。

「呵呵，皇后你看，是我們的乖女兒啊。」國王一見到絲絲過來，便笑得眼睛也瞇成了一條線。

皇后立即站起來，迎向絲絲並說：「似乎我們的乖女兒帶來了禮物呢！」

「真的嗎？」國王也興奮地跑向絲絲。

「父王、母后，你們快試喝！」絲絲把杯子遞向皇后，開心地說：「這是我親手炮製♥的……的……咦？」

絲絲手上拿着的兩杯紫薯奶昔，竟然變成了淺灰色的飲品！

「⚠這……這是甚麼？」絲絲嚇了一跳。

「不就是乖女兒親手炮製的飲品嗎？」皇后看到兩杯奇怪的飲品，不但沒有不喜歡，還開心地從絲絲手上拿了過來。

絲絲大力地揮着手說：「不是，我做的是漂亮的紫薯奶昔，怎會是灰色的呢？」

國王摸了摸自己的下巴說：「這麼奇怪，難道是被哪個可惡的人調換了嗎？」

絲絲用力地搖頭：「沒有可能，我一直都小心地拿着兩個杯子，中途也沒有遇上甚麼人呢。」

「讓我嗅👃一下。」國王取了其中一杯，放在他的大鼻子前。只見他的大鼻子一

動一動的，然後他發出了一聲讚美：「好香的紫薯氣味！」

　　皇后聽到後，便優雅地小喝了一口，「很好喝！」

　　「父王、母后，奶昔變了灰色，不知道是不是變壞了呢！這喝下去會有問題嗎？」絲絲很擔心。

　　「怎會有問題？既然是乖女兒親手做的，我一定要喝！」國王看看皇后道：「來，我們乾杯！」

　　皇后笑意盈盈地把杯子碰上去，兩個杯子相碰後發出悅耳的「噹」一聲，然後國王和皇后便把奶昔大口大口地喝光了。

「呵呵，好喝！」國王開心得高呼起來。

「乖女兒的廚藝🍜太好了。」皇后說，但是她說完就突然臉色大變起來，眼前的絲絲和國王都變得模糊不清，身體也在搖晃。

「砰鈴！」隨着水晶杯跌下，皇后也暈倒了在地上。

「母后！」絲絲緊張地撲向皇后，就在這時，國王也說了一句：「我……我也很頭暈……」說完後也昏倒了。

絲絲大叫：「父王！」

門外的侍衛聽到紫水晶公主的驚叫聲，紛紛衝了進來，看看發生了甚麼事。

　　「絲絲！」國王最信任的競德將軍最快跑了進來，他一眼就見到國王、皇后躺了在地上。

　　「勁得將軍，父王、母后暈了！快請醫生過來！」絲絲說。

　　競德將軍立即回答：「**遵命** ⭐，我立即去找醫生。」他說完後轉身向外跑了兩步，卻又停了下來回頭說：「可是，絲絲啊，我是競德，不是勁得呀。」

昏睡的 國王和皇后

不用五分鐘，競德將軍便找來了水晶王國最出名的啄木鳥醫生。

他一來到便立即取出《聽診器》聆聽國王、皇后的心跳聲，還用翅膀探了探他們的鼻息，也仔細觀察了他們的氣息，然後托着下巴說：「奇怪！真是太奇怪了！」

絲絲立即問：「啄木鳥醫生，到底父王、母后怎樣了？」

啄木鳥醫生歪着脖子道：「他們沒有事啊。」

「沒有事？」絲絲緊張地問：「怎會呢？剛才他們喝了我炮製的紫薯奶昔後就暈倒了，又怎會沒有事？」

「可是，他們的心跳、呼吸也很正常，根本只是睡着了，而且你聽聽……」啄木鳥醫生指了指國王。

這時絲絲才冷靜下來，聽到國王正像熟睡了一樣，發出如打雷的打呼聲。

「不過，剛才父王在倒下前，的確說他很頭暈呢。再說，他們怎會無緣無故睡在冷冰冰的地上？」絲絲說。

　　就在啄木鳥醫生和絲絲都毫無頭緒的時候，一直站在旁邊的競德將軍蹲了在地上，用手指沾了沾灑在地上的兩滴飲料，疑惑地說：「絲絲，你說他們是喝了紫薯奶昔嗎？可是這為甚麼是淺灰色的呢？」

　　絲絲大力地點點頭：「是，這兩杯飲料一開始是紫色的，可是不知道為甚麼，當我拿到過來時，它們都變色了。不過父王嗅了一嗅，說仍是紫薯的氣味呢。」

　　競德將軍伸出舌頭舔了一下手指上的飲料，嚇得啄木鳥醫生驚叫：「你怎可以吃掉了在地上的食物？小心肚子痛呀！」

競德將軍神氣地說:「我是競德將軍,怎會這麼容易肚子痛?再說,這紫薯奶昔真好喝呢!」

「當然,這是我炮製的。」絲絲說。

啄木鳥醫生咳了兩聲:「咳咳,那競德將軍你來說說,國王、皇后到底發生了甚麼事?」

競德將軍想了想，然後抓抓頭，接着又再想了想，才說：「我……不知道。」

絲絲着急得幾乎要哭了：「他們會醒過來嗎？」

「在回答你這個問題前，其實我有話要說，就是……」啄木鳥醫生說：「就是……我們也在這兒很久了，是不是應該先扶他們到床上休息呢？」

絲絲這才想起，剛才實在太緊張了，竟任由國王、皇后一直躺在地上，經啄木鳥醫生提醒，她才慌張地說：「勁得將軍，請你的侍衛來幫忙一下，扶他們到床上吧。」

可是，競德將軍竟突然××臉色鐵青，雙腳不停前後擺動，嚇得絲絲說：「哎呀！你⋯⋯你剛才喝了一點紫薯奶昔，現在是不是像父王、母后那樣覺得頭暈？」

競德將軍用手按着屁股，臉色突然由青色變成了紅色，然後尖叫：「不是，我⋯⋯我⋯⋯」

「呠！」他放了一個大響屁，臭味充斥着整個水晶主殿，他不好意思地說：「我肚子痛，我先出去了，我會叫幾個侍衛來幫忙的。」

他說完就一溜煙地跑了出去，留下掩着鼻子的絲絲和啄木鳥醫生。

啄木鳥醫生嘆了一口氣：「我早說了，吃掉了在地上的食物，就是會肚子痛呀。」

過了一會，等臭屁味都消散掉，幾個侍衛才走進來，合力把國王、皇后送回睡房的水晶床上。

絲絲的內心很不安，雖然啄木鳥醫生估計國王、皇后睡飽就會醒來，但絲絲卻留在睡房不願離去，一直擔心地看着昏睡中的國王、皇后。

窗外月色皎潔，星星一閃一閃的，絲絲忍不住向月亮傾訴起來：「月亮姐姐，到底父

王、母后怎麼了？他們會醒過來嗎？如果不是我炮製出甚麼紫薯奶昔給他們喝，他們就不會昏倒了，所以，我真的很後悔，我應該怎麼辦？」

　　絲絲不禁流下了眼淚，她伏在父王、母后的床邊，眼淚把床單都沾得濕透了。她哭着哭着，不知不覺就這樣睡着了，她做了一個惡夢，夢見國王、皇后向她告別，她一直追上去，可是即使她已努力地跑得很快，但是國王、皇后的身影卻愈來愈遠。

　　「啊！不要丟下我！」絲絲驚叫起來，她嚇得伸直了腰，發現窗外是一片藍天

白雲 ，國王、皇后正好好地躺在床上，幸好原來只是惡夢，她竟然這樣在床邊睡了一整晚。

她爬到床上，輕搖着國王、皇后道：「起床了！起床了！」

可是，國王、皇后卻完全沒有反應。

烏龜老師的推測

國王、皇后昏睡的消息傳遍了整個皇宮，絲絲再次找來了啄木鳥醫生和其他大臣，但沒有一個人有方法令國王、皇后醒過來。

「絲絲，身為紫水晶公主，你一定要堅強，不能灰心。」競德將軍說。

絲絲**苦惱**地說：「勁得將軍，我怎能不灰心呢？皇宮裡這麼多人，竟然都沒有人有方法。」

「**還有我呢！**」突然，一把熟悉的聲音從主殿門外傳了進來。

絲絲認得這個聲音，便立即站起來大叫：「是烏龜老師嗎？」

競德將軍和絲絲一直看着門外，卻久久沒有看到烏龜老師進來。

「難道是聽錯？可是我也聽到烏龜老師的聲音啊。」競德將軍摸了摸下巴。

「噗，」絲絲雖然**憂心忡忡**，但也因競德將軍的說話而笑了出來，她說：「勁得將軍，你忘了嗎？烏龜老師走路很慢，依我剛才聽他的聲音，我猜他現在還有十步就到了。」

「真的嗎？」競德將軍問。

「嘻嘻！我們一起數數看！」絲絲一

邊舉起手指一邊數，競德將軍也跟着念：

「十、九、八、七、六、五、四、三、二、一！」

絲絲、競德將軍，你們好，嗚耶。

　　果然，在數完十聲後，烏龜老師就出現在門前。

　　絲絲跑了上去傷心地說：「一點都不好呢！父王、母后喝過我的紫薯奶昔後便昏睡了。」

　　「我知道，昨晚聽到消息，我就立即從皇宮的教室趕過來了，嗚耶。」烏龜老師說。

　　「甚麼？你是從皇宮的教室趕過來的？那兒來這裡只需要五分鐘🕐，你卻今早才趕到。」競德將軍抱怨。

　　「我的確不及你昨晚肚子痛時跑得那樣快呢，哈哈哈哈！」烏龜老師爽朗地笑着。

聽到這句說話，競德將軍即時臉紅了起來，小聲地說：「你怎麼會知道這件事？」

「你的臭屁聲音太響了，我在教室都聽到呢，嗚耶！」

競德將軍的臉更加紅了，聲音卻變得更小：「有這麼誇張嗎？」

絲絲沒有理會他們，一心只想着救人，她說：「烏龜老師，請你快救救我的父王、母后！」

烏龜老師搔了搔鼻子後說：「絲絲你剛才說，他們喝了紫薯奶昔後就暈倒了？」

「是，那些紫薯奶昔還無故變了淺灰色呢！」絲絲說。

「這⋯⋯」烏龜老師 👁👁 眼珠子一轉，然後定睛在絲絲的脖子上：「咦，你的紫水晶頸鍊⋯⋯」

絲絲和競德將軍這時才注意到，那平日閃爍 ◆ 着夢幻紫色的紫水晶，這時竟然變成了暗淡無光的灰色。

「為甚麼會這樣？」競德將軍 ⚠ 驚訝地說。

絲絲把紫水晶捧在手心，若有所思地說：「它和紫薯奶昔一樣，由紫色變成了灰色呢。」

烏龜老師點點頭：「對，它們的紫色都被偷走了！」

「被偷走了？有人會偷顏色的嗎？」絲絲和競德將軍同時大叫。

烏龜老師回答：「是，我相信令國王、皇后醒過來的方法，就是去色彩大盜那裡把紫色拿回來，然後用紫水晶的力量去拯救國王、皇后。」

「色彩大道？」競德將軍摸了摸自己的鬍子 ~~~ 說：「想當年我為保衛水晶王國四處奔波🚩，但都沒有聽過色彩大道這個地方呢。」

烏龜老師大笑起來：「哈哈哈哈，不是色彩大道，是色彩大盜，嗚耶！」

「嘻嘻，競德將軍，你以後就不要怪我把你錯喚作『勁得將軍』了。」絲絲笑說，然後卻有點疑惑地問：「烏龜老師，如果色彩大盜偷走了紫色，為甚麼我的頭髮、眼睛和👕衣裳都仍是紫色的呢？」

烏龜老師回答：「這我就不知道了，可能色彩大盜性情古怪，說不定他只會偷走某些物品上的顏色。」

競德將軍聽到後便說：「那麼，我們立即動身去找色彩大盜吧。」

絲絲說：「好，就由我親自去吧。勁得將軍，請你留在皇宮，保護 🛡 昏睡中的父王、母后。」

「這不可以！萬一絲絲在外遇上危險，那怎麼辦？」競德將軍着急地說。

「我已經長大了，有信心可以完成任務 ⭐ 平安回來。而且紫薯奶昔是我炮製的，身為公主，我也有責任保衛國家，所以就讓我親自去吧！」絲絲堅定地說。

烏龜老師高興地拍拍手：「我很感動，絲絲真是長大了，有這麼一位有責任心又勇敢的公主，真是萬民之福！不過......」

　　「不過？」絲絲說：「難道連烏龜老師都不同意讓我去找色彩大盜嗎？」

　　烏龜老師搖搖頭說：「不是，我只是想說，這一趟**路途遙遠、崎嶇** ，你應該帶同 **坐騎**出發，嗚耶。」

公主坐騎選拔

　　皇宮上下一收到紫水晶公主要尋找坐騎的消息，都十分踴躍報名，因為絲絲溫柔、善良♥，大家都很想幫助她。

絲絲快步來到坐騎選拔大會的現場，放眼看去已有不少候選者，有熱狗、小羊駝、高羊、巨鴨等等。

絲絲苦惱地說：「這麼多候選者，我怎有時間一一跟他們面試？」

競德將軍大力拍了拍心口說：「我辦事，你放心！我已從他們當中篩選了三位出色的候選坐騎，你只需要跟這三位面試就可以了。」

絲絲點點頭，對競德將軍的辦事能力十分欣賞。

競德將軍高興地向不遠處揚了揚手，大聲說：「請黑黑白來到公主面前！」

首先出場的原來是斑馬先生，他有禮地自我介紹說：「我是黑黑白，看我這 🔥強而有力🔥 的小腿肚子，就知道我能走很遠的

路，而且路上如果突然要 GO 加速、 STOP 煞停，我都能控制自如。我也很守交通規則，在斑馬線前一定會停下讓行人過路。」

絲絲覺得黑黑白不錯，但當走近他身邊抬頭一看，發現他長得實在太高大了，要爬上去坐在他的背上，真有點困難。

「謝謝你，可是似乎不大合適呢！」絲絲抱歉 地說。

於是，黑黑白便失望地離開了。

接下來出場的是駱駝先生，他一邊咀嚼着香草一邊說：「嚼嚼嚼！絲絲，你叫我駝大叔就好了，嚼嚼嚼。」

駝大叔語氣粗豪 ，跟黑黑白完全不同，他繼續說：「嚼嚼嚼，雖然我也很高

大，但是你不用擔心，我用嘴巴咬……嚼嚼嚼……你的衣領，就可以把你放上我的……嚼嚼嚼……背。」

絲絲臉色大變：「甚麼？為甚麼要嚼我的衣領？」

「不是，不是，嚼嚼嚼，是咬着你的衣領才對。」駝大叔起勁地咀嚼着香草。

絲絲緊皺眉頭看着他，競德將軍看到這個情況，便說：「以我所知，駝大叔不怕冷又不怕熱，應該能幫得上忙的。」

絲絲轉身把手放在唇邊，跟競德將軍說起悄悄話來：「可是，他這樣一邊吃東西一邊跟別人說話，真的太沒禮貌，而且也很吵。」

競德將軍點點頭表示明白，便回頭向駝大

叔說：「我們先考慮一下，你回去等消息吧。」

「嚼嚼嚼，好的！我走了！」駝大叔說完就快步離開了。

競德將軍大聲向會場的另一邊說：「火爐，請過來！」

驢子先生哭哭啼啼 🙁 地慢慢走過來：「嗚嗚，絲絲、將軍，你們好，我是火爐。」

「你為甚麼哭了？」絲絲關切地問。

他擦了擦眼淚說：「嗚嗚，我太擔心國王、皇后了，我一定要陪絲絲出去，找方法救回他們。」

絲絲見他這麼傷心，便從口袋拿了一條手帕 遞給他：「你不要哭，我們一定要堅強，才可以完成任務。」

「嗚嗚......對不起，雖然我的名字是火爐，但是我十分愛哭，而且我真是太難過了！嗚嗚......嗚嗚......」他哭得上氣不接下氣，正當絲絲想再安慰他時，他竟然傷心得暈倒了在地上。

「火爐！火爐！」絲絲緊張地大叫，競德將軍立即找了人過來，帶火爐去看啄木鳥醫生。

絲絲拍了拍自己的額頭，苦惱地說：「怎麼辦？那篩選出來的三位候選坐騎，我都見完了。」

「看來駝大叔是最適合的。」競德將軍說。

　　突然，競德將軍背後傳來一下叫聲：「還有我啊！請再給我多一次機會！」

　　一個白影如風一樣快速地衝了過來，等大家定過神來一看，才發現眼前站着的是一隻白色的小羊駝。

　　「啊！我剛才一進來就看到你了！」絲絲說。

　　「公主，你好！我的名字是草菇。」草菇有禮地彎下脖子敬禮。

　　競德將軍拉着草菇的耳朵說：「草菇，你連參與選拔也遲到，我剛才已把你淘汰了。」

　　草菇說：「我來之前忙着健身，一不小心就遲到了，真的很抱歉，希望你再給我一次機會。」

競德將軍揮了揮手說：「你有沒有遲到也沒關係，你就是不適合啊。」

「為甚麼？」草菇驚訝得頭頂的 ⚠ **瀏海也豎了起來。**

「羊駝跟駱駝雖然是親戚，但羊駝天生的力氣小得多了，又怎可以作為絲絲的坐騎？」競德將軍解釋。

草菇用嘴巴向上吹了吹自己的瀏海，然後說：「你說得沒錯，可是我是一隻喜歡健身的羊駝，我的力氣非常大，你看！」

草菇說完立即咬着競德將軍的衣領，把他整個人提起放了在自己的背上，自豪😊地說：「你們看看，我全身都是 ‖—‖ 健美的

肌肉，這都是靠勤力運動鍛鍊得來的，只要肯付出努力，天生的不足也是可以改變的。」

競德將軍搖着雙腳大叫：「放我下來！放我下來！」

絲絲欣喜地拍着手：「你的力氣真的好大！」

草菇說：「我不只力氣大，而且能跑得跟馬兒一樣快呢。」

絲絲想起剛才草菇跑進來的情形，便大力地點頭：「勁得將軍，我決定了，我要跟草菇一起上路。」

仍在草菇背上的競德將軍無奈地說：「知道了，可不可以先放我下來呢？」

將軍的兒子

　　第二天一大清早，絲絲到睡房看望了國王、皇后。

　　「呼呼^{zzZ}……　呼呼^{zzZ}……」國王如常地打呼，完全沒有要醒來的跡象。

　　絲絲牽着國王、皇后的手，輕聲地說：「我一定會從色彩大盜手上取回紫色，令紫水晶回復光彩，讓你們都甦醒過來。」

　　她說完後，輕吻了國王、皇后的臉，便轉身走向皇宮中的大草地，去會合在那裡等待她的草菇。

　　絲絲一看見草菇，便覺得他的樣子好像有甚麼地方不同了。

「絲絲，你為甚麼盯着我呢？是因為我長得太可愛嗎？」草菇一邊說，一邊在草地上原地彈跳着。

「嘻嘻，你確是長得可愛，可是不知為甚麼，我覺得你的樣子跟昨天好像有點不同呢。」

草菇開心地說：「啊！是我的瀏海！」他用嘴巴向上吹了吹自己的瀏海並說：「為了出遠門，我特別把瀏海梳好，是不是很整齊呢？」

「真的很好看呢！」絲絲很滿意這個活潑可愛的旅伴。

「那麼，我們是不是要出發了？我已經準備好了！」草菇轉了個圈。

絲絲還未回答，卻看到宮中不少人正走過來送行，包括啄木鳥醫生、松鼠嬸嬸、競德將軍和他的兒子彼得。

彼得跟絲絲的年紀相若，從小便一起玩耍，不過隨着他長大，競德將軍要他每天練習武術🗡，所以他跟絲絲見面的時間便少了很多。

當絲絲看到彼得，立即 感動得跑上前 說：「彼得，很久沒見面了，很多謝你前來送行。」

彼得也開心地說：「哈哈，我也很想念你，不過我不是來送行的呢！」

「不是嗎？」絲絲有點失望。

競德將軍 連忙解釋：「其實我真的很擔心絲絲和草菇在外會遇到危險，我要留在皇宮沒法陪伴你們，而彼得練習武術多年，這正好是他幫得上忙的時候。」

絲絲的表情由失望變成了 興奮，拍着手說：「勁得將軍你的意思......是彼得會和我一起去冒險嗎？」

「沒錯，絲絲真是聰明！」彼得笑嘻嘻地說：「絲絲的智慧加上我的武術，相信一定可以完成任務。」

草菇聽了抗議道：「還有我啊！」

彼得連連點頭：「當然，還有你的力氣呢！啊，對了……」他突然想起甚麼似的，從口袋取出一顆帶有橙色花紋的藍水晶，然後說：「這是烏龜老師給我的，他知道我要和你一同出外，便送了這顆彼得石給我，只要我們在旅途中有需要，就可以隨時用彼得石聯絡他。」

絲絲回答：「太好了！說起來，為甚麼不見烏龜老師來送行？」

這時，啄木鳥醫生插嘴說：「他本是想來的，可是計算過後 ＋x˙⁚，發現他從教室走到來草地，最快也要明天才到！」

絲絲無奈地笑說：「真可惜，我還想跟他道別呢。」

彼得說：「這有甚麼困難呢？來試用彼得石吧！」只見他拿着彼得石高呼：「嗚吧吧，嗚呵呵，我要跟烏龜老師說話！」

彼得石立即散發出漂亮的藍色光芒，烏龜老師的影像即時投射到空中，烏龜老師說：「找我嗎？嗚耶！」

絲絲立即說：「烏龜老師，我們要出發了，想跟你好好道別。」

「哈哈哈哈，絲絲真乖，祝你們一切順利。」

「我們也很乖的！」彼得和草菇擠了過來搶着說。

「你們這麼乖，讓我給你們一句有用的忠告💬。」烏龜老師說。

「是甚麼？」三人異口同聲問。

「只要努力，一定可以成功的，嗚耶。」

烏龜老師給了這句忠告後，眾人便跟絲絲、彼得和草菇道別。三人帶着松鼠嬸嬸準備的零食離開了皇宮，踏上尋找色彩大盜的冒險之旅🚩。

顏色筆森林

　　烏龜老師跟他們說過，色彩大盜居住在皇宮東面 →E 的一座山上，於是，絲絲、彼得和草菇離開皇宮後，便向着 ☼ 太陽的方向進發。

　　天氣十分炎熱，他們都流了不少汗水，幸好草菇預備了一大樽清水，可以隨時飲用。

　　彼得捧着松鼠嬸嬸給的一大袋零食，裡面有巧克力、餅乾、生果、飯糰等，貪吃的他忍不住一面走一面吃。

　　「彼得，我有件事想對你說。」絲絲突然停下腳步，一本正經地說。

「甚麼？」

「我們沒見面那麼久，你⋯⋯你好像胖了不少 ！」絲絲笑嘻嘻地說。

彼得嚇了一跳，摸着肚子說：「不是吧？我每天都練習武術呢！」

「你這麼貪吃，就是會胖啊！你看，松鼠嬸嬸給的食物，你都吃了一半了！」

彼得看看袋中的零食，有點不好意思地說：「對不起，我不知不覺 就吃了這麼多。」

說着說着，他們來到了市集，到處都是擺賣的攤檔 ，十分吸引。彼得看着各種味道的雪糕，更是雙眼發光。

「絲絲，我⋯⋯我⋯⋯」彼得尷尬地說。

絲絲笑說：「你又想吃東西嗎？」

草菇說：「天氣太熱了，我也想吃雪糕呢！」

於是，他們買了芒果和海鹽味道的雪糕🍦一起分享，吃過後果然感到身體涼快起來，可以精神奕奕地重新上路了！

就這樣，他們走了兩天，終於看到眼前有一座外形像顏色筆的高山⋀⋀⋀。

「看，色彩大盜一定居住在這枝顏色筆上！」絲絲開心地說。

「對，天上還有七色彩虹呢！」彼得說。

　　絲絲和草菇抬頭一看，果然看到在山頂上空，掛着一道美麗的彩虹。

　　草菇踏着地說：「那麼，我們快點上山吧！」

　　他們沿山路向上爬，原來這座山上的森林都是由一枝又一枝的顏色筆A組成，十分有趣。彼得好奇地參觀◑◑着，草菇讓累極了的絲絲坐到自己背上，他們不知不覺已經走了一個多小時。

　　彼得伸了伸舌頭：「唉，如果這裡不是顏色筆森林，是薯條森林就好了！」

　　「嘻嘻，你這貪吃鬼！」絲絲笑說。

　　二人說說笑笑，草菇卻是神情嚴肅地左看看右看看，絲絲見狀，不禁問他：「草

菇，你沒有事吧？是不是很累？不如我們休息一下？」

草菇大力地搖搖頭：「不，我不累，這些路程對常常健身的我來說很輕鬆呢！只是……」

「只是甚麼？」彼得問。

「你們沒有發覺嗎？我們一直在**繞圈子**，根本沒有向山頂進發啊！」草菇說：「你看眼前這枝短短的綠色顏色筆，我們已是**第三次經過它了**，我試過向左、右和中間走，但最後還是回到這裡。」草菇苦惱地說。

彼得走上去看了看草菇說的顏色筆，轉身說：「這森林充滿不同長短的顏色筆，也許並不是你之前見到的同一枝呢？」

「是同一枝！」草菇堅定地說：「你看看筆尖的部分。」

絲絲和彼得一同俯身觀察 Q，才發現筆尖上有一條草菇的頭髮。

「啊，草菇你把頭髮拔下來做記號了！你好聰明！」絲絲說，草菇聽到後便得意地笑了。

彼得揮了揮手大叫：「嘿嘿，我也不笨！我有方法解決！」

「是甚麼方法？」絲絲和草菇一同問。

只見彼得一副胸有成竹的表情，從口袋拿出彼得石並說：「當然是問烏龜老師啊！」

「原來是這樣。」草菇說：「還以為你想出甚麼方法呢！」

彼得有點生氣：「找烏龜老師也是一種方法啊！」

絲絲說：「ㄟㄟ不要鬥嘴了！快聯絡烏龜老師吧！」

彼得立即捧着彼得石高呼：「嗚吧吧，嗚呵呵，我要跟烏龜老師說話！」

烏龜老師的影像立即從彼得石投射出來，他說：「找我嗎？嗚耶。」

彼得訴說了在顏色筆森林迷路的事，烏龜老師想了一想便回答：「哈哈哈哈，想不到你們這麼快到達顏色筆森林呢！你們知道嗎？只要把紅、黃、藍這三個顏色用不同的方法組合，就可以變成其他顏色。」

　　絲絲想了想，大力拍了一下手說：「原來如此！怪不得剛才我們吃黃色的芒果雪糕和藍色的海鹽雪糕🍧時，兩種雪糕溶化後混在一起，會變成了綠色。」

　　草菇搖着尾巴說：「可是，那又怎樣呢？」

　　烏龜老師說：「嗚耶！要穿過顏色筆森林，就要留意那些不是紅、黃、藍色的顏色筆，例如現在眼前的是綠色顏色筆，你們要找來芒果和海鹽……噢，不，是黃色和藍色的顏色筆，放在綠色筆的兩邊，然後，正確的路就會出現在眼前。」

　　彼得聽着烏龜老師的指示，很快就拔出了兩枝分別是黃色和藍色的顏色筆，並放了在綠

色筆的兩邊。果然,綠色筆的筆尖即時發出亮光,前方出現了一條新的道路。

「烏龜老師太厲害了!」絲絲開心得拍着手。

「那麼你們繼續前進吧!色彩大盜就住在山頂呢!嗚耶。」

跟烏龜老師說再見後,三人依着他教的方法,發現了一條又一條上山的路,還學習到原來紅加上藍就是紫色、黃加上紅就是橙色。

終於,一間外形像調色盤🎨的屋子出現了在眼前,這就是色彩大盜的家了。

色彩大盜

色彩大盜的屋子前有一扇◆豪華的大門◆，絲絲敲了敲門，可是過了很久，都沒有人來開門。

「難道他不在家？」草菇說。

「唉！這麼辛苦來到，他竟然不在？」彼得一邊說一邊疲累地倚在大門上，怎料那厚重的門卻因此被他推開了，他××四腳朝天跌在地上，抓抓頭說：「哎唷，原來大門根本沒有鎖上啊！」

絲絲和草菇被眼前的情況嚇呆，因為屋內竟然是一個⌐展覽廳⌐！

　　絲絲一面扶起彼得，一面好奇地說：「奇怪，這不是色彩大盜的家嗎？」

　　「難道我們找錯了地方？」草菇說。

　　彼得拍了拍疼痛的屁股說：「進去看看就知道了。」

　　他們踏在光亮的地板上，兩邊牆上掛着一幅又一幅五顏六色的掛畫，絲絲指着其中一幅說：「看，這些畫上都是顏色的組合結果，例如這上下是紅色和黃色，中間就是橙色；」她指了指另一幅：「像這一幅，上面是黃色，下面是綠色，加起來原來是中間的……青色！」

　　草菇興奮地彈跳着：「原來顏色是這麼有趣的東西！」

　　突然，走在前面的彼得大叫：「看！這些展覽品好漂亮！」

　　絲絲和草菇立即走了過去，眼前的櫃子上放滿了玻璃瓶，瓶中各有不同顏色的水，像彩虹一樣從紅、橙、黃、綠、青、藍、紫整齊地放着，而每種顏色又再有不同的深淺和色調。

「啊！這個桃紅色太漂亮了！」草菇讚美道。

「這寶藍色很適合我呢。」彼得說。

「咦？」絲絲看見一個盛着紫色水的瓶子，心裡突然冒出一個想法，不知不覺自言自語起來：「這顏色看來跟紫水晶和紫薯的顏色很像，難道就是色彩大盜從我處偷來的？」

彼得聽到她的說話，便衝了過來說：「是哪一瓶？我來看看！」他一邊說一邊揚起手，卻不小心碰跌了瓶子。

「砰鈴！」玻璃碎散滿一地，紫色的水全都瀉了在地上。

正當絲絲等人不知如何是好時，屋中的一面牆突然打開了，原來是一扇暗門！一位變色龍先生跑了出來緊張地大叫：

是誰打破了我的珍藏？

絲絲立即道歉:「對不起,是我們在參觀時一不小心......」

變色龍先生看了看絲絲,**疑惑❓**地說:「你......你是不是紫水晶公主?」

絲絲說:「你見過我?」

變色龍先生搖搖頭:「沒有,但我曾經聽朋友形容過可愛的紫水晶公主,我看見你的紫色長髮和衣裙,不難猜到你就是紫水晶公主呢。」他說完便轉向彼得和草菇問:「那麼,你們兩位是誰?」

草菇一蹦一跳地回答:「我是喜歡健身的草菇,也是絲絲的坐騎。」

彼得拍了拍**胸膛**,一臉自豪地說:「我是將軍......的兒子,是負責保護絲絲的彼得。」

變色龍先生眨了眨大眼睛說：「那麼，你們為甚麼來我的家？還打破我的珍藏？」

彼得衝動地指着他說：「甚麼你的珍藏？你這個色彩大盜，這明明是你偷回來的顏色！」

「色彩大盜？」變色龍先生憤怒得整個身體由綠色變成了紅色，他說：「我最討厭別人叫我色彩大盜，我明明只是個色彩收藏家！▲▲▲」

「那麼，你從甚麼地方得到這麼多顏色？」彼得問。

這位色彩收藏家的脾氣似乎不錯，他聽到彼得對他的珍藏很好奇，身體立即變了粉紅色，高興地說：「哈哈，反正我從來沒有向人

介紹過我的**高超技術** 👓，今天紫水晶公主難得到來，就讓你們看看吧！」

變色龍先生帶領他們穿過暗門，進入了另一個房間，房間裡有幾株紅色、黃色、藍色的花朵，還有一些**儀器**🔧。

「你們看，我就是從**花瓣**❁中吸取汁液，再用這些儀器處理，得出紅、黃、藍三種顏料。剛才你們倒翻的紫色水，就是用五十二滴藍色再加四十八滴紅色調製而成的，並不是像你們說的偷回來！」

絲絲聽完他解釋，連忙說：「真的很抱歉，我們誤會了你，而且還打破了你的珍藏，我們可以做些甚麼去**賠償**💲呢？」

變色龍先生搖搖頭說：「既然是可愛的紫水晶公主，就不用賠償了，我再調製一瓶新的就可以了。」

草菇聽了便說：「變色龍先生真是太善良了。」

彼得卻摸了摸下巴說：「如果你沒有偷顏色，那麼是誰把絲絲的紫水晶和紫薯奶昔變成灰色的呢？」

就在這時，他口袋中的彼得石突然發出亮光，彼得連忙把它取出，烏龜老師的身影立即投射了出來。

黑曜石女巫

「烏龜老師！」絲絲說。

「嗚耶！你們是不是找到色彩大盜了？」烏龜老師爽朗😀地說。

「嘿，果然是你，你這隻『慢』世龜王，老說我是色彩大盜。」變色龍先生的身體又變成了紅色。

「我的老朋友，我只是跟你說笑，順道讓絲絲他們代我探望你，我很想念你呢。」烏龜老師嬉皮笑臉😀地說。

變色龍先生的身體從紅色變成了粉紅色，一臉笑意地說：「想一想，我們的確很久沒見面了，我也很想念你。」

彼得和草菇在旁聽得都糊塗了，絲絲
說：「你們兩個是朋友？」

烏龜老師不好意思地說：「嗚耶！對啊。」

　　絲絲有點生氣：「我要快點拯救父王、母后，你怎可以騙我們來代你探朋友呢？」

　　烏龜老師連忙揮了揮手說：「你誤會了，你是真的要來找變色龍先生，因為他是厲害的色彩收藏家，對所有有關顏色的事情都很了解，他一定知道為甚麼紫水晶和紫薯奶昔會變成那樣的。」

　　這時，變色龍先生才留意到絲絲戴着的紫水晶頸鍊，他說：「公主的紫水晶果然沒有了顏色！」

　　絲絲立即說：「對，而且我炮製的紫薯奶昔也一樣變了灰色，父王、母后喝了後就一直睡覺，所以我一定要找方法救他們！」

「這樣子……」變色龍先生托着頭思考，身體不停地改變着顏色，過了很久，變回綠色的他才說：「我知道是誰做的。」

「是誰？」絲絲、彼得、草菇和烏龜老師一同問。

「是黑曜石女巫！」他回答：「我最近聽說過，黑曜石女巫突然不喜歡黑色♡，並開始愛上了迷人的紫色。雖然從來沒有人敢走近她居住的黑芝麻湖，但鳥兒朋友跟我說，從遠處飛過時，竟看到湖水都變了像紫薯的顏色，所以這一定是她做的。」

草菇有點顫抖地說：「黑曜石女巫？聽起來很可怕！」

彼得和絲絲卻完全不害怕，立即追問：「那麼，怎樣去黑芝麻湖？」

變色龍先生回答：「你們下山後向南方一直走，會看到一座 **黑森林**，裡面有一個黑芝麻湖，黑曜石女巫的家就在湖中心，不過……」

「不過甚麼？」

烏龜老師知道變色龍先生的想法，便說：「不過黑曜石女巫 **十分神秘**，沒有人見過她的真面目，傳說黑森林也是 **十分危險** ⚠️ 的地方，你們一定要小心。」

絲絲轉身對草菇說：「草菇，如果你害怕的話，就讓我和彼得去好了。」

　　草菇大力搖搖頭：「不，我要跟你們在一起，雖然我真的很害怕，但是我一定會努力克服的，而且我還要保護絲絲呢。」

　　彼得拍拍他說：「喂，保護絲絲是我的責任呢！」

　　絲絲開心地說：「太好了，我們三個一同努力，一定可以從黑曜石女巫手上取回紫色的。」

　　這時，變色龍先生突然想起了甚麼似的，把架子上幾瓶不同深淺的紫色水都取了下來，放好在一個盒子中，然後對絲絲說：「紫水晶公主，你把這些紫色水都帶走吧，必要時可以跟黑曜石女巫交換，取回本來屬於你的紫色。」

絲絲感動得差點哭了起來：「我們打破了你的珍藏，你不但沒有生氣，還把這些珍藏都送給我，真是太謝謝你了！」

變色龍先生笑瞇瞇😊地說：「『慢』世龜王的朋友，就是我的朋友。」

於是，變色龍先生跟烏龜老師互相道別後，絲絲、彼得和草菇也離開了木顏色山，向黑森林進發。他們經過了甜品大街🍸，彼得靈機一觸地拉着草菇說：「我有方法讓你不再害怕！」

「真的嗎？」草菇高興地說。

彼得點點頭，跑去了一間甜品店，過了一會兒，便買了黑森林蛋糕🍰和黑芝麻糊🍜回來，對絲絲、草菇說：「來，我

們現在先體驗黑森林和黑芝麻糊，到時有了經

驗就不會再害怕！」

　　絲絲大笑起來：「你這個貪吃鬼！」

　　三人大口大口地一邊吃着甜品，一邊說說

笑笑，暫時從緊張的冒險中放鬆下來。

黑芝麻湖

　　吃過甜品後，絲絲、彼得和草菇繼續冒險旅程，他們從白天走到黑夜，休息到天亮後又繼續走啊走，兩天後終於看到了黑森林。

　　這時，藍藍的天空突然變成了灰色，更出現了幾朵大烏雲，令眼前本來已是黑壓壓的森林看來更可怕。

　　「太恐怖了！」草菇驚呼了起來。

　　絲絲便鼓勵他：「不要害怕，之前我們把黑森林和黑芝麻糊都吞進肚子了，還有甚麼會難倒我們呢？」

草菇聽着覺得很有道理，便收拾心情說：「對，我們一定可以克服的，進去吧！」

黑森林十分大，他們都不知道黑芝麻湖在森林中的哪裡，只好在一棵又一棵黑色的樹木中穿梭。

彼得說：「其實這樣看起來，黑色的樹木也很特別。」

草菇點點頭說：「對，你看，這黑得發亮的樹葉，我從來沒有見過呢。」他好奇地看着四周，剛才內心的恐懼也漸漸消失了。

絲絲有感而發地說：「其實每種顏色都是美麗、獨特的，就像這特別的黑色樹木品種，只要它生長得健康、茂盛，就已經很漂亮了。」

彼得伸了伸舌頭道：「如果樹上會長出黑巧克力，就更加漂亮呢！」

「嘻嘻，如果真有這種樹，我相信你一定會在家中種好幾棵呢！」絲絲笑說。

突然，草菇發現了一些東西，便說：「看，那邊的樹為甚麼不是黑色的？」

他們一同看過去，不遠處的樹竟然是紫色的，而且還是紫水晶和紫薯失去了的那種淡紫色。

「記得變色龍先生說過，黑曜石女巫居住的黑芝麻湖最近變成了紫色，既然這裡的樹都變紫了，我想前面不遠處就是我們要找的地方！」絲絲說。

「那我們快過去吧！」彼得說。

　　黑曜石女巫長期住在黑暗當中，大家都猜想她 **一定長得非常可怕，性格又十分邪惡**，所以當他們知道很快就要跟黑曜石女巫見面，心情都十分緊張。

　　他們一步一驚心地走過了幾棵紫色的樹木，終於來到一個紫色的湖邊。

　　「這就是變成了紫色的黑芝麻湖！」草菇低頭看看，發現自己雪白的瀏海在湖水的倒影中，也變成了紫色。

　　「看！湖中有間**水晶屋**呢！」絲絲說。

　　湖中的水晶屋，外形像一個巨大的球，正前方有**一扇拱門**，整間屋都是紫色的。

　　屋子的前方有一道紫色的小橋，連接着拱門和湖邊。

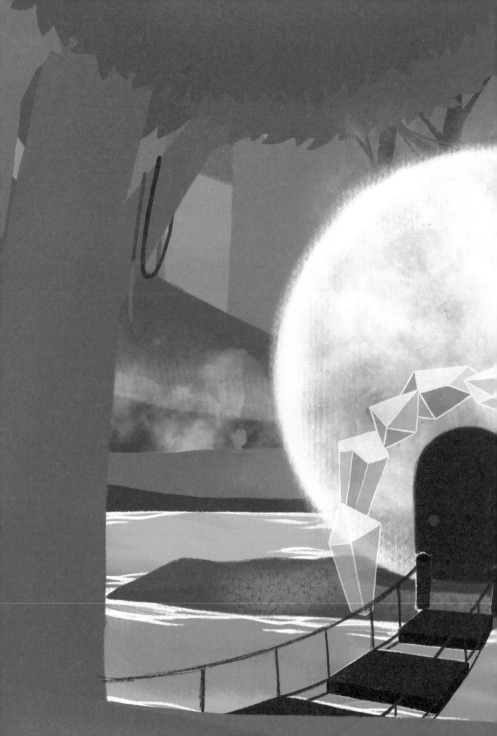

他們走上小橋，很快就來到屋子前，抬頭一看，發現這屋子看來就像是一顆很大的紫水晶球！

「鈴鈴。」絲絲搖了搖門鈴。

他們緊張得連呼吸都不敢，心怦通怦通♥地猛跳着，但過了一會，竟然沒有人來開門。

「奇怪了，難道黑曜石女巫像色彩收藏家一樣沒有鎖門？」彼得說完就用手推門，但門明明是鎖上了的。

「難道她不在家？」草菇問。

就在這時，一把聽起來十分陰森的女聲在門後問：「甚麼事？」

絲絲立即說：「我們想找黑曜石女巫。」

「你們為甚麼找我？」屋中的果然就是絲絲要找的人。

絲絲鼓起勇氣說：「我想來取回紫水晶和紫薯的顏色。」

「你……你是紫水晶公主？」黑曜石女巫聽起來有點 ⚠ 震驚。

「是，我……」

絲絲還未說完，彼得便搶着說：「哼！這裡還有 👓 威風 的彼得和 ‖–‖ 力大無窮 的草菇，你快把偷回來的紫色還給我們！」

黑曜石女巫回答：「這紫色現在是屬於我的了，我不會還給你們。」

美麗的顏色

　　彼得聽完她的說話後十分憤怒，鼻孔也噴着氣地大嚷：「可惡！」

　　絲絲牽了牽他的手，讓他冷靜下來，然後再對黑曜石女巫說：「聽說你是因為覺得黑色不漂亮，所以想用紫色代替，可是我剛才穿過黑森林時，看到黑色的樹木也很美。」

　　「黑色簡直醜死了！它及不上紫色的浪漫，也比不上紅色的熱情，更沒有綠色的清新啊！」黑曜石女巫說。

　　絲絲說：「我不相信！不然你把你的屋子變回黑色，讓我們評分，看它到底是美麗還是醜陋。」

「哼！我就變給你們看！讓你們死心。」

黑曜石女巫說完後，屋子的紫色便慢慢向上退去，現在的女巫之家變成了一個黑色的球，這樣看來根本就是一顆大的黑曜石！

絲絲大聲讚美♡：「太漂亮了！你的屋子變成了一顆又神秘又漂亮的黑曜石！」

草菇也真摯☺地說：「我連在皇宮中都沒有見過如此美麗的屋子呢！」

彼得亦附和說：「對，比剛才的紫色要漂亮太多了。」

黑曜石女巫好奇地說：「怎麼會呢？」

絲絲連忙說：「我想如果這裡的湖水、小橋、樹木都變回黑色，一定會比現在更美麗。」

「這會很醜的，你為甚麼不相信我呢？」黑曜石女巫說。

「沒有親眼看過，我們是不會相信的。」絲絲、彼得和草菇一同說。

「那我就展示給你們看看。」黑曜石女巫說，之後湖水、小橋和樹木都統統變回了黑色，她在門後問：「怎麼樣？是不是很醜？」

「啊！我從來沒有看過如此美景！」草菇說。

「對，整個湖泊、森林都閃耀着黑曜石**獨特的光芒。**」絲絲衷心地讚嘆眼前的景色。

「每種顏色其實都各有美麗的地方，像是黑巧克力、黑森林蛋糕、黑葡萄等美食也

要是黑色才吸引，而這裡是黑曜石女巫居住的地方，當然也要**黑 得 發 亮**才美麗！」彼得說。

絲絲聽見彼得舉了這麼多美食做例子，不禁笑了起來，黑曜石女巫聽到了便問：「你笑甚麼？」

「笑你不相信我們，不然你自己出來看看，就知道我們沒有說謊。」絲絲說。

「我就出來看！」

「啪！」屋子的拱門被大力打開，女巫**披 着 黑 色 長 袍**，頭戴着尖尖的女巫帽子跑了出來，她的帽子拉得很低，所以大家都看不見她的樣子，而且她手上拿着一件東西，令大家都忍不住定睛看着。

　　黑曜石女巫的右手拿着一個紫色光球 ，絲絲心裡想：「這一定就是屬於紫水晶和紫薯的顏色了！」

彼得好像知道絲絲在想甚麼，便很快地伸手出去把紫色光球搶了過來！

「你......」黑曜石女巫被彼得的舉動嚇了一大跳，便大聲說：「可惡！你們不停要我把景物變回黑色，又說黑色的風景很美，就是要**欺騙**💬我離開屋子，再把紫色光球搶走！」

「才不是呢，你自己看看吧！」絲絲說。

黑曜石女巫便抬頭看看四周，這時剛好是黃昏，天空的烏雲已經飄走了，在橙黃色的太陽☀下，黑森林的每一處都散發着高貴的光芒。

「啊！好漂亮！」黑曜石女巫忍不住說。

「我們沒有欺騙你，你已經不需要紫色光球了。」絲絲說。

黑曜石女巫卻**激動**地回答：「不是的！」

「為甚麼？」草菇問。

她有點不好意思地說：「那個......雖然黑色很美麗，但是如果加上紫色**襯托**，不是更加美麗嗎？」

「這就簡單了，」絲絲從口袋拿出了變色龍先生所送的珍藏，然後說：「這幾種都是色彩收藏家精心調配的紫色，你可以拿去用。」

黑曜石女巫有點感動：「你......你竟然跟我分享顏色？我之前還偷走你的紫色呢！」

絲絲抬頭看看天空說：

美好的事物一定要跟別人分享，這個世界才
會更漂亮。

回到皇宮

　　黑曜石女巫說：「我眞是太慚愧了，我竟然這麼自私想把紫色`據為己有`。」

　　彼得拋着手中的紫色光球說：「那麼，這紫色就物歸原主吧！」

　　絲絲問：「黑曜石女巫，我怎樣才能把紫色都放回紫水晶和紫薯上呢？」

　　想不到，黑曜石女巫竟然搖了搖頭：「很抱歉，這我也不知道。」

　　「甚麼？」絲絲和草菇吃驚得大叫起來。

　　「不用怕，讓我問問烏龜老師。」彼得一邊拿出彼得石一邊說：「嗚吧吧，嗚呵呵，我要跟烏龜老師說話！」

　　烏龜老師的身影隨即投射了出來，可是他竟然正在午睡！ᶻᶻᶻ

　　「烏龜老師——！」彼得大叫：「起床了！」

　　烏龜老師嚇得立即張開雙眼驚叫：「嗚耶！誰？誰叫我？」

　　「烏龜老師，是我們呢。」絲絲溫柔地說。

　　「啊！原來是你們，」烏龜老師說：「是不是找到黑曜石女巫了？」

　　「是，而且她也把紫色還給我們了。」彼得說：「你看！」

　　烏龜老師立即拿起眼鏡戴上，瞇着雙眼⌒⌒說：「對了！就是這個紫色，你們太厲害了！」

「可是，我們要如何做才能把紫色都放回紫水晶和紫薯上呢？」絲絲問。

「這太簡單了，你把紫水晶頸鍊脫下來，放進紫色光球中，紫水晶就會把紫色吸收回來了。」烏龜老師說。

「那麼，紫薯奶昔呢？」草菇問。

「這就更容易，絲絲返回皇宮後，用紫水晶的力量再炮製一次紫薯奶昔給國王、皇后喝就可以了。」烏龜老師笑說：「哈哈，到時也請調製一杯給我，我好想喝啊！」

「國王、皇后喝完後就會從沉睡中甦醒過來嗎？」絲絲問。

烏龜老師還未回答，黑曜石女巫就驚叫起來：「甚麼？國王、皇后沉睡了？」

「是，就是因為你做的好事，國王、皇后喝了灰色的紫薯奶昔後就一直睡覺。」彼得說。

「嗚嗚⋯⋯」黑曜石女巫雙手**掩臉大哭** 😢 起來：「我竟然因為貪心、自私，害了國王、皇后⋯⋯」

「不要難過，現在你**知錯能改** ✅，我只要回去救醒他們就可以了。」絲絲 ✋ **撫摸**她的頭想安慰她，卻不小心把她的帽子弄掉了。

絲絲驚訝地看着眼前的黑曜石女巫，她不但不是想像中那種樣子可怕的女巫，而且竟然跟絲絲長得有點相似，是個可愛的少女🖤。

109

「啊！」烏龜老師驚叫：「黑曜石公主！」

「公主？」絲絲、彼得、草菇都驚奇得高呼起來。

黑曜石女巫拿出藏在長袍中的黑曜石頸鍊，害羞地說：「是，我是黑曜石公主，我的名字是小墨，國王、皇后是我的叔叔、嬸嬸。」

「那麼，你是我的堂姐？」絲絲高興得拖着她的手問：「你為甚麼住在這裡？」

「黑芝麻湖是十分適合修煉魔法的地方，世界頂尖的魔法師都曾住在這裡。因為我的理想是要成為魔法師，故此在你仍是嬰兒時，我已經離開了皇宮搬到這裡；而且，由於我性格害羞，所以喜歡穿上長袍遮擋自己，這樣被其他人看見了，就成了黑曜石女巫的傳說。」小墨流着淚說：「絲絲，真想不到我闖了大禍，我一定要跟你回皇宮，向國王、皇后道歉。」

「好啊！他們看見你一定會很高興！」絲絲說。

「那麼，快點回復紫水晶的顏色吧！」烏龜老師催促₃₃₃着。

於是，絲絲依指示把紫水晶放進紫色光球，紫水晶立即發出了耀眼的光芒，而光球則慢慢縮小。過了一會，光球便完全不見了，紫水晶也回復了本來的色彩，大家看見了都覺得十分神奇。

絲絲、小墨、彼得和草菇在三天後一同回到了皇宮，烏龜老師這次早早就站在皇宮入口迎接，他和競德將軍、啄木鳥醫生、松鼠嬤嬤見到絲絲等人平安回來，都十分高興。

絲絲把握每分每秒，着急地跑到廚房，利用紫水晶力量再次炮製了紫薯奶昔，水晶杯中的奶昔呈現着美麗的淡紫色。

國王、皇后喝了奶昔後，都慢慢張開了眼睛，國王還伸了個懶腰～＜，看到眾人都在床邊，他驚奇地說：「為甚麼大家看着我睡覺？」

絲絲流下了開心的眼淚，撲向國王、皇后的懷裡說：「你們終於醒過來了！」

國王抓抓頭髮：「呵呵，乖女兒，你說甚麼？」

皇后突然好像想起了甚麼似的說：「啊，我好像喝了紫薯奶昔後就暈倒了。」

這時，國王、皇后終於把事情想起來，當知道是絲絲、彼得和草菇冒險救他們後，他們都十分感激。

「父王、母后，我帶了一位神秘人來探望你們。」絲絲說。

「呵呵，是誰？」國王問。

一直在門外的黑曜石公主小墨便走進來問好：「國王、皇后，你們好。」

皇后開心地說：「原來是黑曜石公主！很久沒見面了！」

小墨垂下頭說：「很抱歉，我因為一時自私想把紫水晶的顏色據為己有，連累你們暈倒。」

經絲絲解釋，國王、皇后知道了事情的來龍去脈，國王不但原諒了小墨，更說：「呵呵，我總算**因**禍得福，我平日**國事繁**

忙🧳，今次睡了一覺好的，真的很多謝小墨呢！」

皇后也微笑說：「對呢，現在我真是精神飽滿★ ★。」

國王興奮地蹦跳下床，然後道：「呵呵，松鼠嬤嬤，請你煮一頓豐富的大餐，我要好好款待小墨，還要感謝我的乖女兒、彼得和草菇。」

「最重要的，是要跟皇宮上下慶祝父王、母后睡了一覺好的呢！」絲絲說。

於是，大家晚上都來到水晶主殿，一邊品嚐美味的食物，一邊愉快地聊天，度過了非常歡樂的時光😄。

來為兩位公主填上顏色！

Q. 你最喜歡甚麼顏色，為甚麼？
把你對這個顏色的感覺寫下來吧。

A. _____

_____

_____

_____

_____

_____

_____

_____

Q. 草菇喜歡健身，彼得喜歡武術，你
又喜歡甚麼運動？為甚麼？

A. _____

_____

_____

_____

_____

_____

_____

_____

Q. 看看四周，有紫色的東西嗎？把它
們的名字寫下來吧。

A. _____

_____

_____

_____

_____

_____

_____

_____

Q. 這故事中，你最喜歡的角色是誰？
   試在下面畫出來吧。

《水晶公主 (2)：粉晶的主人》
故事預告

自從紫水晶公主絲絲和彼得、草菇一起在外遊歷後，她一直都想再離開皇宮見識世界，在得到父王、母后的批准後，他們再次出發體察民情，同時尋找傳聞中非常美味的「淡雪」。

　　他們聽從烏龜老師的提議來到粉粉莊園，卻竟然看到淡雪都變成了灰色，眼見園主非常苦惱，善良的絲絲決心要幫助他把淡雪變回原狀。

　　他們在莊園中尋找線索，竟然發現了一條粉晶頸鍊，原來這就是淡雪變成了灰色的關鍵！

　　絲絲等人帶着粉晶離開莊園，踏上尋找水晶主人的路，他們途中遇上不少有趣的人和事，亦鬧出不少笑話，但是他們不知道，在歡樂的旅途中，原來一直有人對絲絲虎視眈眈，到底他們能克服旅程中的難關，找到粉晶的主人嗎？他們能幫助園主把淡雪變回原狀嗎？淡雪真的如傳聞中美味嗎？

　　大家請密切期待《水晶公主 (2)：粉晶的主人》，跟絲絲一起踏上旅途吧！

水晶公主 (1)：回來吧！紫水晶力量！

作者＆監製： 張篤
繪畫： 太陽少年
設計排版： Ryan Mo ＠ 廢青設計 C
校對： 大表姐
出版經理： 望日

出版： 星夜出版有限公司
網址： www.starrynight.com.hk
電郵： info@starrynight.com.hk

香港發行： 春華發行代理有限公司
地址： 九龍觀塘海濱道 171 號申新證券大廈 8 樓
電話： 2775 0388
傳眞： 2690 3898
電郵： admin@springsino.com.hk

台灣發行： 永盈出版行銷有限公司
地址： 231 新北市新店區中正路 499 號 4 樓
電話： (02)2218-0701
傳眞： (02)2218-0704

印刷： 嘉昱有限公司

圖書分類： 兒童故事
出版日期： 2020 年 12 月初版
ISBN： 978-988-79774-7-6

定價： 港幣 68 元／新台幣 300 元